JN187926

たべもののおはなし● すし

にっこりおすしとわさびくん

佐川芳枝 作　こばようこ 絵

講談社

ある日《ひ》の午後《ごご》のこと、わさびくんは、「まことずし」のネタケースのかたすみにいました。ネタケースというのは、すし屋《や》のカウンターにある、冷蔵《れいぞう》のショーウィンドーのようなものです。

きれいな水《みず》でそだったわさびくんは、とてもおしゃれ。頭《あたま》の上《うえ》に生《は》えている、くきの形《かたち》をせっせと、ととのえていました。細長《ほそなが》い、緑色《みどりいろ》の体《からだ》からは、さわやかなかおりがながれてきます。

長崎五島
金目鯛 東京八丈島
あじ 鹿児島出水
車えび 山口
鹿児島出水
白いか 長崎
うに 北海道
真たこ 佐島
白えび 富山
ししゃも唐揚げ
まぐろづけ
とろづけ炙り
浅漬け 水なす
おしながき
あなご
いか
たこ
たい
玉子
さば
はまち
まぐろ
かつお
かき
いくら

わさびくんの耳《みみ》に、
こんな声《こえ》が聞《き》こえてきました。
「おい中《ちゅう》トロ、今日《きょう》の
赤身《あかみ》とトロのまざり具合《ぐあい》は、
ばつぐんだな。」
「ありがとう。
大《おお》トロ兄《にい》さんも、
すごくいい色《いろ》だよ。」
「だからおれたち、
今日《きょう》もセンターいただき、

イエーイ!」
話《はな》しているのは
マグロ三兄弟《さんきょうだい》。
長男《ちょうなん》が大《おお》トロ、
次男《じなん》が中《ちゅう》トロ、
三男《さんなん》が赤身《あかみ》で、
いつもネタケースのまんなかにいて、
自分《じぶん》たちをほめあっているのです。
またはじまったなと、
わさびくんが思《おも》っていると、

「マグロさん、今日《きょう》はいちだんと脂《あぶら》がのってますね。あ、ごぶさたしてます、カツオです。」

「おお、カツオか。春《はる》になると、おまえがくるんだよな。」

大《おお》トロ兄《にい》さんがいい、

「カツオくん、おかえり。」

「つやがよくて、元気《げんき》そうだね。」

マグロの弟《おとうと》たちも、あいさつしました。春《はる》になったので、回遊魚《かいゆうぎょ》のカツオくんが、帰《かえ》ってきたのです。回遊魚《かいゆうぎょ》というのは、大《おお》きな海《うみ》の中《なか》を、ぐるぐる泳《およ》ぎまわっている魚《さかな》のことをいいます。

「しかし、
おれらの人気《にんき》にくらべて、
ここはせまいな。
もうすこし、
ゆったりしたいもんだ。」
大《おお》トロ兄《にい》さんが、
ネタケースの中《なか》を
見回《みまわ》していうと、弟《おとうと》たちは、
「おい、もっと、むこうに行《い》けよ。」
「そこ、じゃまなんだけど。」

らんぼうに、ほかのすしネタをおしのけました。

すしネタたちは、ふるえながら身《み》をよせあっています。

「すみません、ぼくがきたせいで、よけい、せまくなっちゃって。」

カツオくんが、すまなそうにいいました。

「いや、カツオはいいんだよ。この季節《きせつ》に、なくてはならないネタだからな。だけど、あまり人気《にんき》のないネタは、そのうち、リストラかもな。」

すると、真鯛《まだい》キングが、

「こら、大《おお》トロ。いいかげんなことをいうなっ。」

太《ふと》いまゆをよせて、いいました。

「ふんっ、あんたには関係《かんけい》ないでしょ。ちょっと白《しろ》くてでかいからって、うるさいんだよっ。」

「だまれっ。どのすしネタだって、このネタケースの仲間《なかま》なんだ。リストラされてたまるかっ。」

真鯛《まだい》キングが、みんなをゆびさすと、

「だいたいさあ、いつもマグロがいちばんだって、いばってるけど、子《こ》どもには、トロサーモンのほうが人気《にんき》があるのよ。しらないの？」

サーモンねえさんが、きれいな目《め》を、きらっと光《ひか》らせていました。

「なんだよ、おしゃべりサーモン。おまえなんか、あっかんべえだっ。」

中《ちゅう》トロさんがいったとき、いねむりをしていたアナゴおじさんが、顔《かお》を上《あ》げました。

「……アナゴのすしに、ツメをつけて食《た》べたら、うまいぞお。なんたって、大将《たいしょう》が作《つく》ったツメじゃからな。なんまんだぶ、なんまんだぶ……。」

「はいはい、わかってますよ。おやすみなさい。」

中《ちゅう》トロさんが、めんどうくさそうにいうと、アナゴおじさんは、またいねむりをはじめました。

甘《あま》エビシスターズは、
「どうしてアナゴおじさんは、すぐに、なんまんだぶっていうのかしら。それに、アナゴって、見《み》た目《め》がいまいちよね。」
とんがった口《くち》をつきだして、いっています。甘《あま》エビシスターズは、かわいい名前《なまえ》ににあわず、口《くち》がわるいのです。
「でもさあ、見《み》た目《め》がいまいちっ

ていえば、タコもじゃない？」

「そういえば最近《さいきん》、タコくださいっていう声《こえ》が聞《き》こえないわね。」

タコさんはネタケースのすみで、くるりと丸《まる》まっています。

「なるほど、リストラこうほは、タコだな。」

「タコって、ぱっとしないよね。タコ焼《や》きは、人気《にんき》があるけどさあ。」

マグロ三兄弟《さんきょうだい》も、かってなことをいっているので、

「ねえ、タコさんもなにかいったら。」

くやしくなったわさびくんが、タコさんの足《あし》をつつくと、

「しょうがないよ。ぼくなんか、大将《たいしょう》がタコうまいですよってすすめても、かたいからって、ことわられるんだもん。」

さびしそうにこたえました。アナゴおじさんは、また目《め》を開《ひら》き、

「むかしは、みんなが、タコのすしはうまいって食《た》べてたもんだが、なんで変《か》わってしまったのかなあ。なんまんだぶ、なんまんだぶ……。」

そのとき店《みせ》の中《なか》が、ぱっと明《あか》るくなりました。大将《たいしょう》が、店《みせ》をあけるじゅんびをはじめたのです。すしネタたちはあわてて口《くち》をとじました。すしネタがおしゃべりしてるなんてしったら、大将《たいしょう》は、こしをぬかしてしまうか

もしれません。
ネタケースの中《なか》を見《み》た大将《たいしょう》は、
「おかしいな。きちんとならべておいたはずなのに、ネタが曲《ま》がってるぞ。」
ぶつぶついいながら、すしネタたちをならべなおしています。

それから大将《たいしょう》は、「まことずし」と書《か》いてあるのれんを出《だ》しました。さあ開店《かいてん》！　すしネタたちがわくわくしながら、お客《きゃく》さんをまっていると、

「いらっしゃい！」

という大将《たいしょう》の声《こえ》がひびき、カウンターは、すぐに満員《まんいん》になりました。

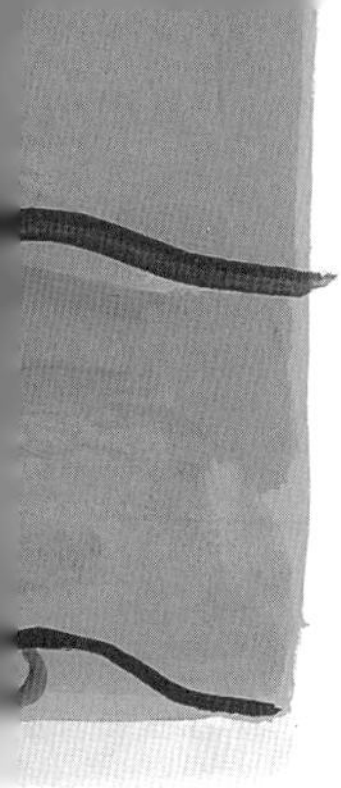

きこと
寿司

わさびくんの前《まえ》の席《せき》にすわったのは、小学校《しょうがっこう》二年生《ねんせい》の、佐《さ》藤桃花《とうももか》ちゃんとおばあちゃん。

おすしがだいすきなおばあちゃんは、桃花《ももか》ちゃんにおいしいおすしを食《た》べさせたいと、「まことずし」につれてきました。

回《まわ》っていないすし屋《や》にはじめてきた桃花《ももか》ちゃんは、きんちょうしたようすです。でも、おばあちゃんは、ぜんぜん気《き》づきません。

「さあ桃花《ももか》、好《す》きなものを食《た》べなさいね。」

「うん。」

桃花《ももか》ちゃんがうなずくと、おばあちゃんは、

「大将《たいしょう》っ、鉄火巻《てっかま》きくださいさい。わさびをきかせてね。」

大《おお》きな声《こえ》でいいました。

魚《さかな》の名前《なまえ》がわからない桃花《ももか》ちゃんは、だまって、ネタケースを見《み》ています。すしネタたちは、桃花《ももか》ちゃんにむかって、

（ねえねえ、トロサーモンはいかが。脂《あぶら》がのってて、おいしいわよお。）

オレンジ色《いろ》の体《からだ》を、くねっとさせたり、

（イクラはどう？　ぷちぷちしてて、かむと、うまさがひろがるよ。）

ルビーのようなつぶを光《ひか》らせました。

でも、桃花《ももか》ちゃんは、ぼんやりしたまま、いっこうにおすしをたのもうとしません。

「もしかして、すしがきらいなのかな?」

「かもしれないね。」

すしネタたちは、ひそひそ話《はな》しはじめました。

いえいえ、桃花《ももか》ちゃんは、おすしがだいすき。

ぼんやりしているのは、そうじ当番《とうばん》のとき、山口健太《やまぐちけんた》という男子《だんし》に、ほうきでバサバサはかれてしまい、

「あ、佐藤《さとう》、いたんだ。小《ちい》さすぎて見《み》えなかった。」

といわれたから。

「なによ、そんなこといわないでっ。」

すぐにいいかえしたのですが、声《こえ》が小《ちい》さいので聞《き》こえな

かったらしく、健太《けんた》はしらんぷりで
行《い》ってしまいました。
桃花《ももか》ちゃんは、
朝礼《ちょうれい》でも体育《たいいく》の時間《じかん》でも、列《れつ》のいちばん前《まえ》。
体《からだ》が小《ちい》さいのと、声《こえ》が小《ちい》さいのを
気《き》にしています。
そのときのことを思《おも》い出《だ》して、
（ああ、早《はや》く大《おお》きくなりたいな……。）
むねの中《なか》で、つぶやいていたのです。

「ほら、桃花《ももか》、早《はや》く食《た》べなさいよ。おすしおいしいわよ。」

おばあちゃんがいったので、桃花《ももか》ちゃんは、鉄火巻《てっかま》きをひとつとって、ぱくりと口《くち》に入《い》れました。のりのいいかおりとマグロのおいしい味《あじ》が口《くち》の中《なか》にひろがります。

わあ、おいしいって思《おも》ったとき、とびあがりました。

からいのが好《す》きな、おばあちゃんの鉄火巻《てっかま》きには、わさびがたくさん入《はい》っていたのです。

はなのおくがツーンとして、なみだがぽろぽろこぼれます。あまりのからさに、ことばが出《で》ません。耳《みみ》の中《なか》までジンジンしているみたいなので、お茶《ちゃ》を、ごくごくのみました。

いじわるされても泣《な》かなかったのに、わさびに泣《な》かされるなんて、と思《おも》っていると、

「ふふっ、わさびはからいんだよ。」

という声《こえ》が、聞《き》こえてきました。でも、カウンターの中《なか》にいるのは大将《たいしょう》だけ。大将《たいしょう》はおばあちゃんと話《はな》し中《ちゅう》です。

わさびのからさで、耳《みみ》がおかしくなったのかなと思《おも》ったら、まな板《いた》の上《うえ》に、わさびくんがぴょんと立《た》っているのに気《き》づきました。

そのよこに、サーモン、甘《あま》エビ、真鯛《まだい》、マグロ、コハダ、イカ、アナゴなどのすしネタたちがいて、桃花《ももか》ちゃんを見《み》ています。

「えっ、なにこれ？　どういうこと？」

目《め》を丸《まる》くしていうと、真鯛《まだい》キングが、

「おれたちはすしネタだよ。今日《きょう》は桃花《ももか》ちゃんに、おとなのすしを食《た》べてもらおうと思《おも》ってな。」

しぶい声《こえ》でいいました。

「でも、なんで、すしネタがしゃべってるの？」

桃花《ももか》ちゃんが、きょとんとしていると、

「まあ、そういうこともあるんじゃ。なんまんだぶ、なんまんだぶ……。」

アナゴおじさんが、ぶつぶついいながら、手《て》をあわせるしぐさは、去年《きょねん》亡《な》くなったおじいちゃんにそっくり。そのせいか、ふしぎなできごとなのに、こわくありません。桃花《ももか》ちゃんは、クラスの友《とも》だちと話《はな》すみたいに聞《き》きました。

「ねえ、おとなのおすしって、どういうの？」

すると、甘《あま》エビシスターズが、

「わさびが入《はい》ったすしよ。」

「よく味《あじ》わうとおいしいんだけど、子《こ》どもはわさびがにがてでしょ。」

それを聞《き》いた桃花《ももか》ちゃんが、

「うん。わさびは、きらいなの。」

とこたえたら、だいきらいな、いじめっこの顔《かお》がうかんできました。

山口健太《やまぐちけんた》は、わさびが入《はい》ったおすしを食《た》べられるかなあ。

いじめっ子《こ》って、ほんとは気《き》が弱《よわ》いって聞《き》いたことがあるから、食《た》べられないかもしれない。
そうだ、こんど、ちびとかいわれたら、
『でもね、あたし、わさびが入《はい》ったおすし食《た》べられるよ。山口《やまぐち》くんは食《た》べられる？』
って、いってやろう。
そう決《き》めた桃花《ももか》ちゃんが、

「じゃあ、わさびが入《はい》ったおすし、食《た》べてみる。」

というと、すぐにわさびくんが、おろし金《がね》の上《うえ》をくるくる回《まわ》りはじめました。

わさびは、くきからすりおろすことが多《おお》いのですが、わさびくんは、根っこのほうから回《まわ》っています。なぜって、さっき、ととのえたくきを、桃花《ももか》ちゃんに見《み》てもらいたいから。

コマのような高速回転《こうそくかいてん》で、あっというまに、あめ玉《だま》一こぶんくらいのわさびができあがりました。わさびくんは、ハアハア息《いき》をきらしています。桃花《ももか》ちゃんはそれを見《み》て、ちゃんと食《た》べてあげなくちゃわるいな、と思《おも》いました。

さて、
なにをさいしょに
食《た》べようかなと考《かんが》えていると、
「よし、おれから行《い》こうっ。」
真鯛《まだい》キングがいいました。
「いよっ、魚《さかな》の王《おう》さま。」
「真鯛《まだい》キング、日本一《にっぽんいち》っ。」
すしネタたちのかけ声《ごえ》に
送《おく》られた真鯛《まだい》キングは、
「さいしょは、わさびを

少《すく》なめにしよう。」
といって、わさびを
ちょこっとつけました。
桃花《ももか》ちゃんが、
「大将《たいしょう》、真鯛《まだい》をください。」
声《こえ》をはりあげると、
「あいよっ、真鯛《まだい》だね。」
大将《たいしょう》は、すぐに真鯛《まだい》の
おすしをにぎって
くれました。

桃花《ももか》ちゃんが、おしょうゆをつけてぱくりと食《た》べると、歯《は》ごたえがあって、ほのかに甘《あま》みがあります。

ふんわりあたたかいすし飯《めし》と、つめたい真鯛《まだい》がよくあって、うっとりするようなおいしさです。

かんでいるうちに、わさびのからさが口《くち》の中《なか》にひろがってきましたが、がまんできないほどではありません。

真鯛《まだい》を食《た》べおわった桃花《ももか》ちゃんが、

「イカください。」

というと、わさびを少《すこ》しつけたヤリイカさんがきて、

「イカには、いろんな種類《しゅるい》があるんだよ。ぼくはそのなかでも、高級《こうきゅう》なイカなのさ。」

じまんそうに、いいました。イカに種類《しゅるい》があるなんてしらなかった桃花《ももか》ちゃんは、

「ふーん、そうなんだ。」

と、イカのおすしをぱくりと食《た》べました。イカをしばらくかむと、甘《あま》い味《あじ》がのこります。最後《さいご》にわさびのからさがぴりっとくるけど、そんなにからくはありません。

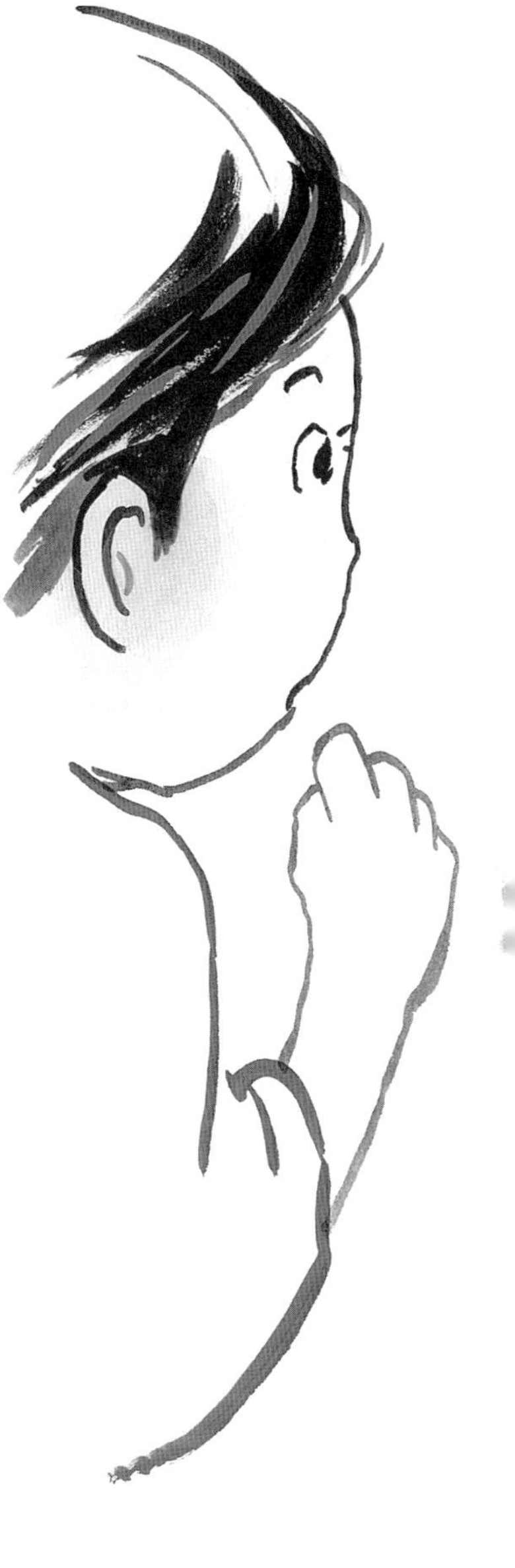

桃花《ももか》ちゃんは、

(あれ、あたし、わさび、けっこういけるかも。)

むねの中《なか》でつぶやき、つぎはサーモンを注文《ちゅうもん》しました。

「はいよっ、おまちどおっ。」

サーモンのおすしは、脂《あぶら》があって、とろっとしていて、わさびのかおりが、強《つよ》くただよってきます。

「わあ、おいしいっ。」

桃花《ももか》ちゃんがいうと、

「サーモンください。」

という声《こえ》が、あちこちからひびきます。

「サーモンって、人気《にんき》があるんだね。」

桃花《ももか》ちゃんが、感心《かんしん》していうと、

「ふんっ、あんなのたいしたことないよ。

マグロがいちばんさ。」

大《おお》トロ兄《にい》さんが、いったとき、

「マグロくださいっ。」

という声《こえ》が聞《き》こえました。

「ほら、きたぞ。」

三兄弟《さんきょうだい》は、えらそうに
そっくり返《かえ》ると、イカさんを

つきとばし、タコさんを、
もっとすみにおしやって、
大将《たいしょう》のところに
行《い》きました。

お客《きゃく》さんが、みんなマグロをたのんだので大将《たいしょう》はおおいそがし。なんたって、大《おお》トロ、中《ちゅう》トロ、赤身《あかみ》の三種類《しゅるい》だから、切《き》るのもたいへんです。マグロ三兄《さんきょう》弟《だい》の体《からだ》は、どんどん小《ちい》さくなってゆきました。

小《ちい》さくなった体《からだ》とは反対《はんたい》に、態度《たいど》はますます大《おお》きくなり、

「どうだ、おれたちの実力《じつりょく》は。」

「今日《きょう》もぼくたちがトップだね。」

と、三人《にん》でほめあっています。


兄弟《きょうだい》と交代《こうたい》するように、サーモンねえさんが帰《かえ》ってきました。ねえさんも、さっきより、小《ちい》さくなっています。真鯛《まだい》キングや甘《あま》エビシスターズは、大将《たいしょう》と桃花《ももか》ちゃんの前《まえ》をいったりきたり。


アナゴおじさんは、いい気持《きも》ちでねているところをおこされ、

「やれやれ……。」

と、ぼやいています。

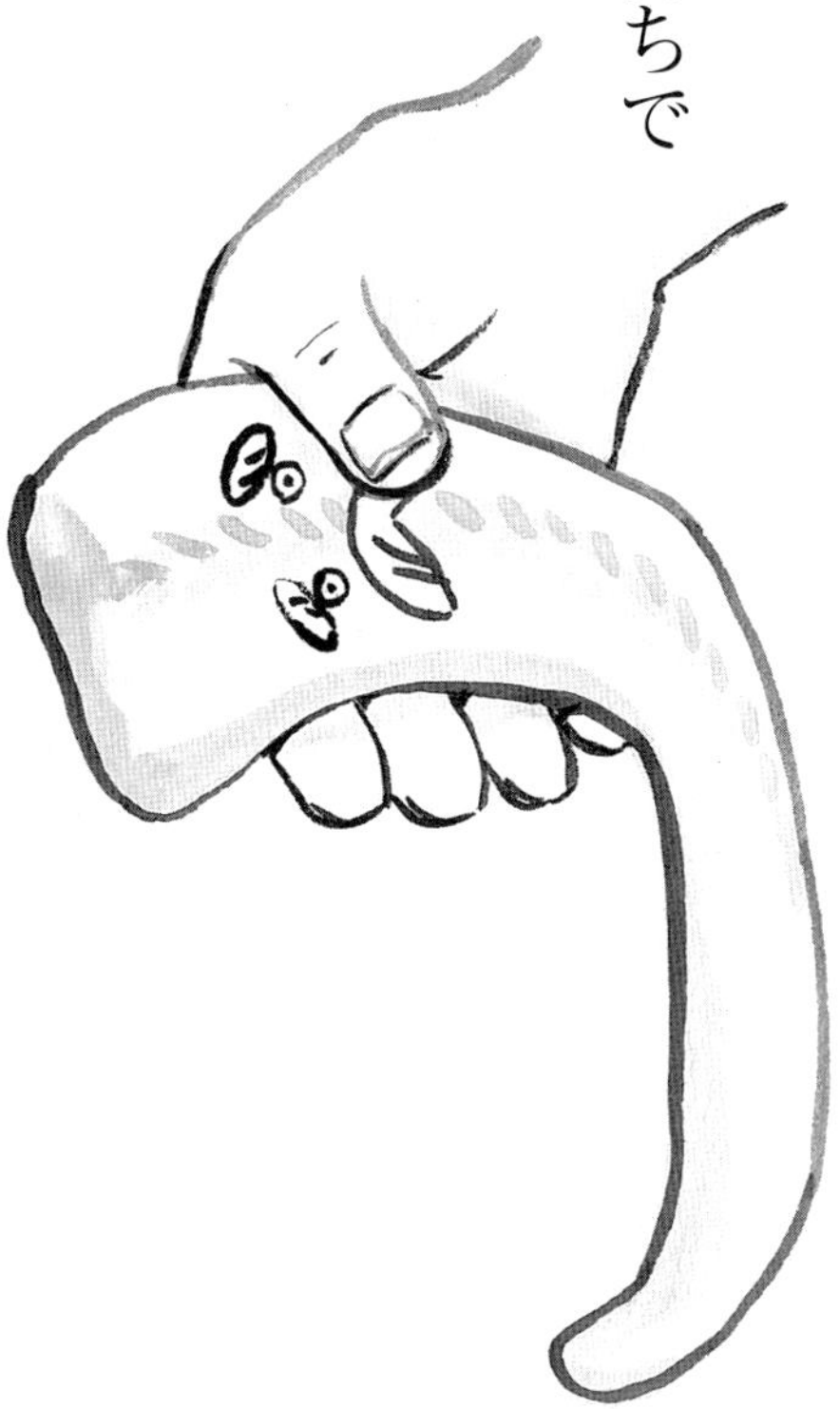

ネタケースの中《なか》がすいてきたら、タコさんに気《き》づきました。すみっこで、ひっそり小《ちい》さく丸《まる》まっている姿《すがた》は、

（なんか、あたしみたい……。）

そう思《おも》った桃花《ももか》ちゃんは、

「タコください。」

「あいよっ、タコだね。」

江戸前
さんま 北海道根室
長崎五島
目鯛 東京八丈島
鹿児島出水
山口
いか 長崎
たこ 佐島
富山

大将《たいしょう》は、いせいよくこたえてくれたのに、タコのおすしはなかなか出《で》てきません。

「あのう、タコ、タコ……。」

けんめいにいうのですが、お客《きゃく》さんたちが大《おお》きな声《こえ》でしゃべるので、桃花《ももか》ちゃんの声《こえ》は、とどかないみたいです。

心配《しんぱい》になったすしネタたちは、タコさんを、大将《たいしょう》の目《め》につくところに、おしやりました。

「大将《たいしょう》、桃花《ももか》ちゃんがタコだって。」

「ねえ、タコのすしをにぎってあげてよ。」

でも、大将《たいしょう》は気《き》づきません。

「あしたは、マグロをもっと仕入《しい》れようか。タコをどかせば、ネタケースに入《はい》りそうだな……。」

ひとりごとをいったので、

「ふふっ、おれがいったとおりだろ。」

大《おお》トロ兄《にい》さんはガッツポーズ。

弟《おとうと》たちも、うなずいています。

わさびくんは心配《しんぱい》になって、

タコさんのそばに行《い》ってみました。

「わさびくん、なんか用《よう》?」

「いやべつに。タコさん、元気《げんき》かなと思《おも》って。」

「…………」

そこに、アナゴおじさんがもどってきて、

「タコはどうした？」
「ぜんぜん元気《げんき》がないんですよ。
桃花《ももか》ちゃんがタコをたのんだのに、
大将《たいしょう》、わすれてるし。」
わさびくんがいうと、
「そうか。かわいそうになあ。
あれ、そういえば、むかしは
タコのうまい食《た》べかたが
あったような気《き》がするが……
ああ、思《おも》い出《だ》せない、

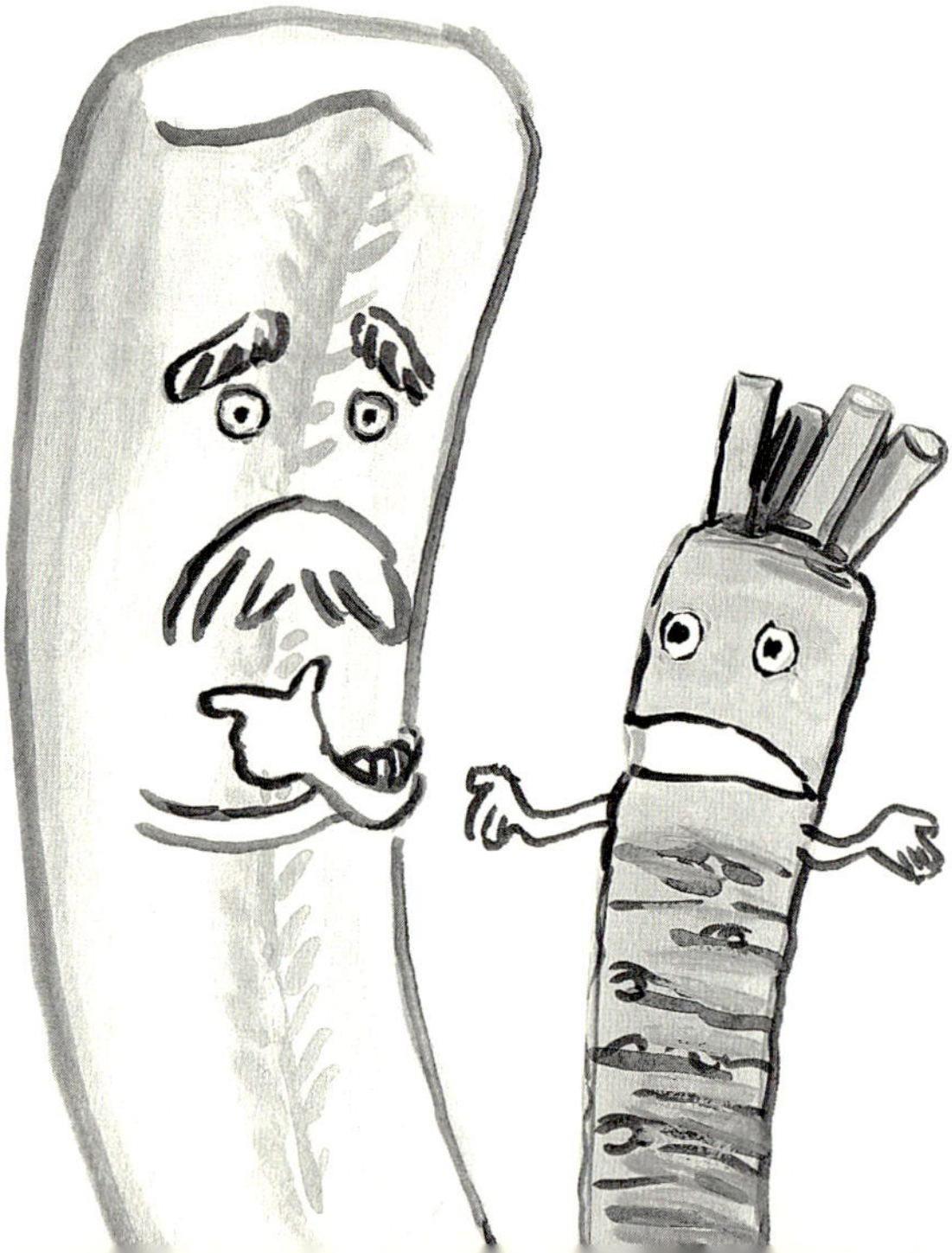

なんまんだぶ、なんまんだぶ……。」

それを聞《き》いた甘《あま》エビシスターズが、

「ちょっとぉ、うまい食《た》べかたがあるなら、さっさと思《おも》い出《だ》しなさいよっ。」

「そうよ、タコさんのピンチなんだから、ねぼけてないで、がんばれっ。」

アナゴおじさんの背中《せなか》を、とがった足《あし》の先《さき》で、がりがりひっかきました。これはかなりいたそうです。

「あっ、甘《あま》エビさん、らんぼうはいけないです。ぼくのことは、だいじょうぶですから。」

タコさんが、
あわててとめても、
ひっかくのをやめません。
アナゴおじさんは、
「いたたっ、これ、
つめを立《た》てるのはやめなさい。
あっ、あれ？
ツメ？　……ツメ？」
しばらく考《かんが》えてから、
ぽんっと手《て》をたたきました。

「やっと思《おも》い出《だ》したぞ。
タコのうまい食《た》べかたは、
ツメとわさびを
つけるんじゃ。
なんまんだぶ、
なんまんだぶ……。」

甘《あま》エビシスターズは、

「よっしゃ！　おじさん、けっこうやるじゃん。」

「むだに、年《とし》とってないわね。」

でも桃花《ももか》ちゃんは、意味《いみ》がわかりません。

「ねえっ、ツメってなに？」

「アナゴをにた汁《しる》を、につめたものじゃよ。ふつうはアナゴにぬるんじゃが、たっぷりのわさびとあわせると、タコにもおいしいんじゃ。

むかしは人気《にんき》があったんじゃが、『まことずし』の大将《たいしょう》はまだ若《わか》いから、しらんのかなあ。なんまんだぶ……。」

そこで桃花《ももか》ちゃんは、

「大将《たいしょう》、タコが、まだです。あたし、タコのおすしをいっぱい食《た》べたいです！」

いままで出《だ》したことがない、大《おお》きな声《こえ》でいいました。

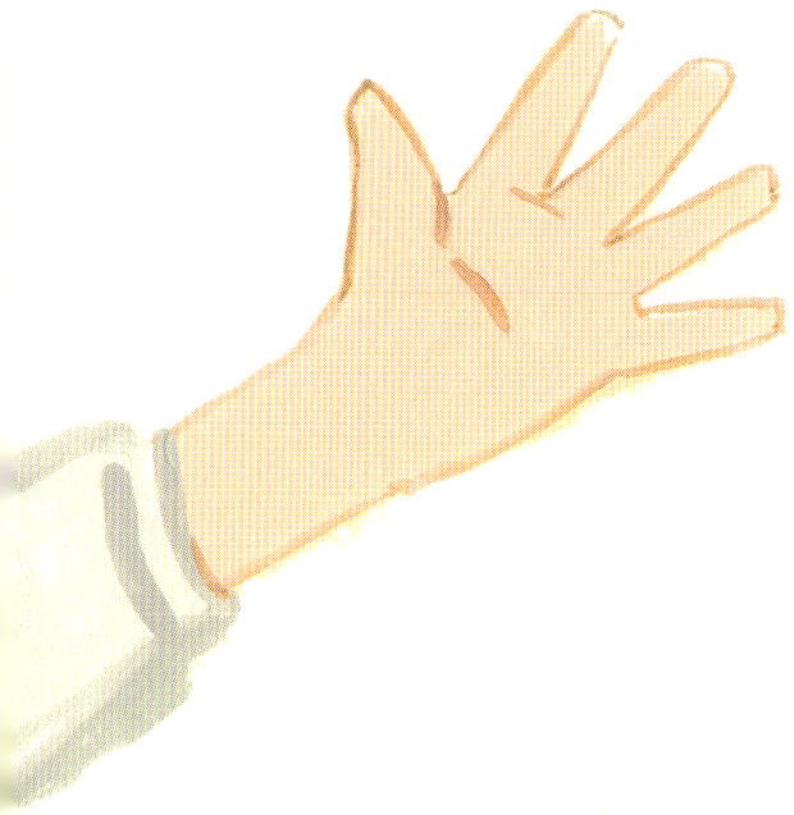

「おっと、ごめんよ。タコをわすれてた。」

「それで、タコに、ツメと、わさびをたくさんつけてくださいっ。」

「えっ、ツメとわさび？　子《こ》どもが、よく、そんなことしってるなあ。おれは、レモンと塩《しお》にしようと思《おも》ったんだけど……。」

大将《たいしょう》は首《くび》をかしげながら、桃花《ももか》ちゃんの前《まえ》に、タコのおすしをおきました。タコには茶色《ちゃいろ》いツメがたっぷりぬってあり、つやつや光《ひか》っています。

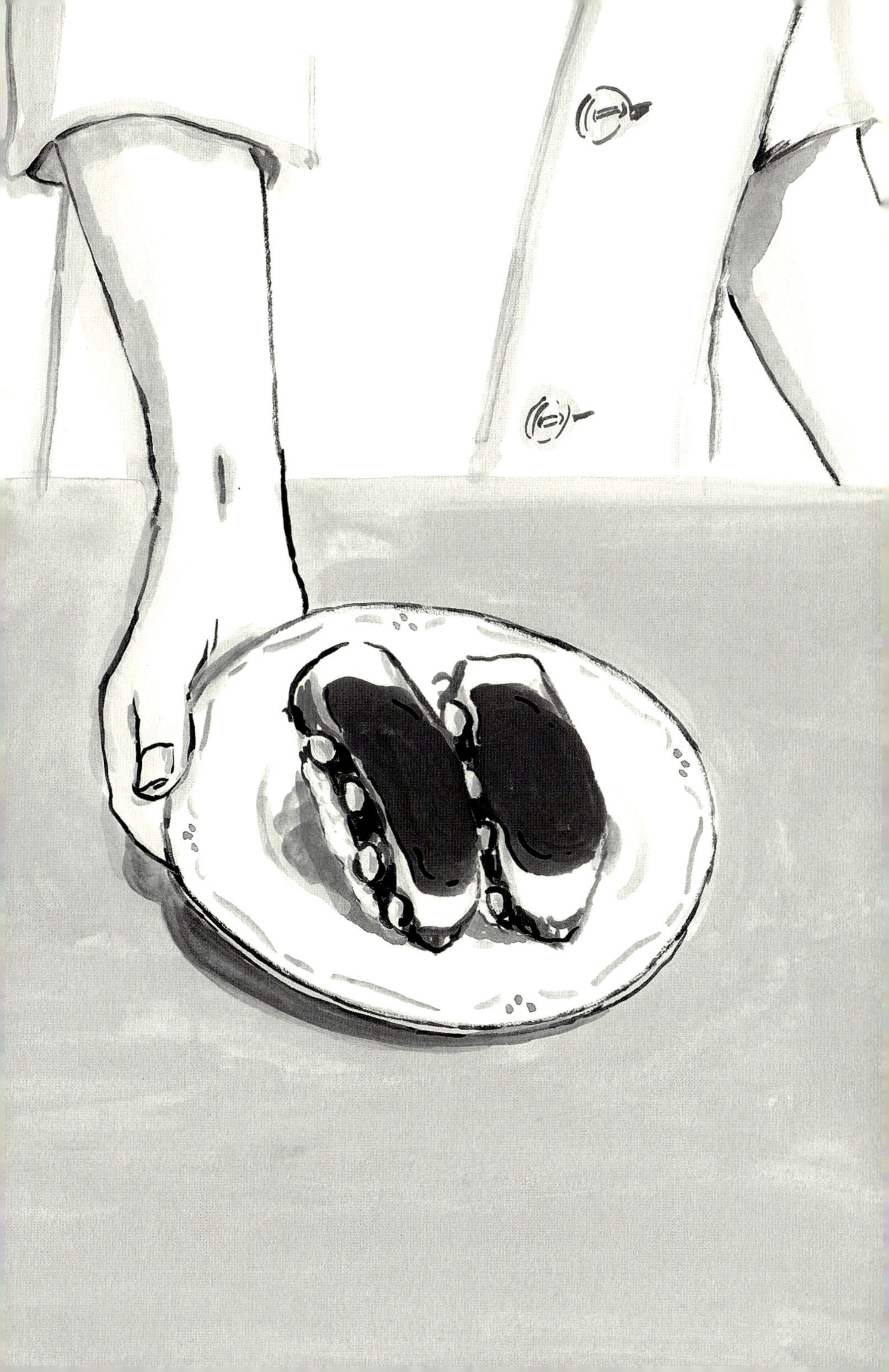

タコのおすしを口《くち》に入《い》れると、しこしこした
歯《は》ごたえがあり、かんでいるうちに甘《あま》みが
出《で》てきます。そこにツメの甘《あま》からい味《あじ》と、
わさびのからさがまざるから、
しげきがあって、おとなの
おすしという感《かん》じがします。
「わあっ、タコのおすしって、
こんなにおいしいんだっ。」
桃花《ももか》ちゃんにほめられて、
タコさんは、

それは、うれしそうな
笑顔《えがお》になりました。

桃花《ももか》ちゃんの声《こえ》を聞《き》いた、ほかのお客《きゃく》さんからも、同《おな》じ注《ちゅう》文《もん》がたくさんきたので、

「やっぱり、またタコを仕入《しい》れるか……。」

大将《たいしょう》がつぶやきました。

そこにマグロ三兄弟《さんきょうだい》がもどってきました。三人《にん》ともよく売《う》れたので、小《ちい》さくなっていますが、タコさんほどではありません。

「おいおい、タコの人気《にんき》急上昇《きゅうじょうしょう》に、まけそうだぞ。」

大《おお》トロ兄《にい》さんがいうと、

「タコにセンター、とられるかもよ。」

「やだよ、そんなの。はずかしいじゃん。」

弟《おとうと》たちは、あせった顔《かお》です。

でもタコさんが、

「いや、センターなんて、とんでもない。

ぼくは、わさびくんのそばにいたいから、
すみっこがいいです。」

わさびくんは、にこにこ笑《わら》っています。マグロ三兄弟《さんきょうだい》は、

「タコさん、さっきは、いじわるしてごめん。」

「わるく思《おも》わないでくれよな。」

はずかしそうに、頭《あたま》をさげました。

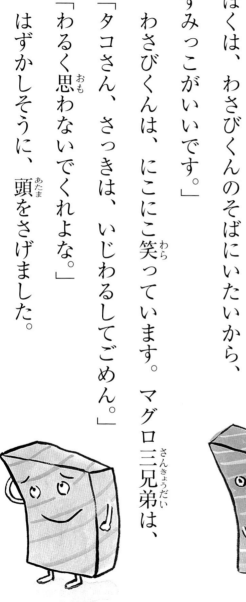

桃花《ももか》ちゃんは、

「ごちそうさまでしたっ。」

大《おお》きな声《こえ》でいって、立《た》ちあがりました。きたときとはぜんぜんちがう、明《あか》るい顔《かお》です。これならいじめっ子《こ》になんか、まけないでしょう。

すしネタたちは、ネタケースのまんなかにあつまりました。

「さよなら、またきてねっ。」

「桃花《ももか》ちゃん、元気《げんき》でな。なんまんだぶ、なんまんだぶ……。」

大《おお》トロ兄《にい》さんは、いちばん前《まえ》に行《い》こうとしたのですが、

「いや、やっぱりやめておこう。」

といい、タコさんを、前《まえ》におしてあげました。すっかり小《ちい》さくなったわさびくんも、タコさんのとなりで、手《て》をふっています。

桃花《ももか》ちゃんが帰《かえ》ると、すしネタたちは、またもとの場所《ばしょ》に、きちんとならびました。さて、つぎによばれるのは、どのすしネタでしょう?

すしのまめちしき

おすしにちょっぴりくわしくなる
オマケのおはなし

おすし屋《や》さんの仕事《しごと》

漁師《りょうし》さんが日本中《にっぽんじゅう》（世界中《せかいじゅう》）の海《うみ》で釣《つ》ってきたさかなは、つぎの日《ひ》の早朝《そうちょう》までに、卸売《おろしう》り市場《しじょう》にあつめられます。市場《しじょう》では、朝《あさ》五時《じ》くらいから、さまざまなセリがおこなわれ、さかなにねだんがつけられていきます。

おすし屋《や》さんは、ほぼ毎朝《まいあさ》市場《しじょう》に通《かよ》い、いきのいいさかなを買《か》いつけます。帰《かえ》ってきてからすぐに、仕入《しい》れたさかなを、ていねいにしこみます。小《ちい》さいさかなも大《おお》きいさかなも、一《いっ》ぴきずつさばきます。うろこや内臓《ないぞう》、骨《ほね》をとって、きれいにおろします。

クルマエビはまっすぐになるように串《くし》をさし、また、タコはよくあらい、吸盤《きゅうばん》の中《なか》の小《ちい》さなゴミまでていねいにとりのぞいてからゆでます。アナゴも開《ひら》いてぬめりをとってからにるなど、いろいろじゅんびして、ならべます。

ごはんをたいて、お酢《す》をまぜたすし飯《めし》を作《つく》ります。お店《みせ》をピカピカにそうじして、さあ、開店《かいてん》です！

お客《きゃく》さんの注文《ちゅうもん》におうじて、すし職人《しょくにん》がおすしをにぎります。それぞれのネタのいちばんおいしい食《た》べかたを、長年《ながねん》の知恵《ちえ》で見《み》きわめ、てぎわよくにぎってくれるはずです。

おすすめを職人《しょくにん》さんに聞《き》くといいですよ。

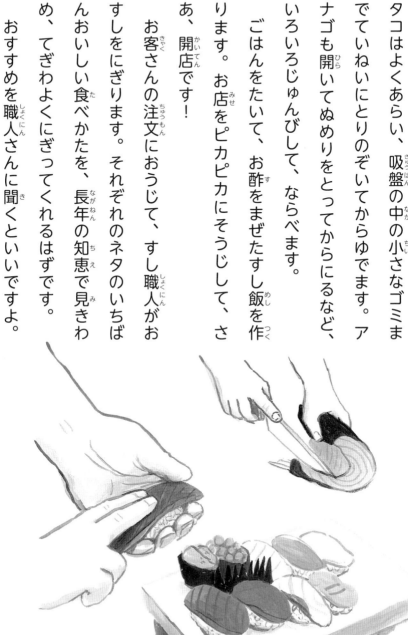

さかなの旬《しゅん》

日本《にっぽん》のまわりの海《うみ》には、約《やく》四千種《しゅ》のさかながいるといわれています。あたたかい潮《しお》の流《なが》れと、つめたい潮《しお》の流《なが》れがよい漁場《ぎょじょう》をつくっています。

一年《ねん》をかけて世界《せかい》の海《うみ》を回《まわ》ってくるさかな、成長《せいちょう》のとちゅうでおいしくなるさかな、水温《すいおん》に関連《かんれん》して味《あじ》がよくなるさかななど、それぞれいちばんおいしくなる時期《じき》を「旬《しゅん》」といいます。

川《かわ》や湖《みずうみ》のさかなにも、おなじ理由《りゆう》で「旬《しゅん》」があります。

旬《しゅん》のさかなは、おいしくて栄養《えいよう》があり、たくさんとれるので安《やす》く買《か》えます。いいことずくめですね。

あなたは、どのさかなをしっている？

春《はる》のさかな（3～5月《がつ》）	アイナメ、イサキ、イセエビ、カツオ、カンパチ、キス、キンメダイ、クルマエビ、ツブガイなど
夏《なつ》のさかな（6～8月《がつ》）	アオリイカ、アジ、アナゴ、アユ、アワビ、ウナギ、カジキマグロ、クロダイ、サザエ、タチウオ、ハモなど
秋《あき》のさかな（9～11月《がつ》）	アジ、タイ、カサゴ、カツオ、カマス、カレイ、サンマ、シマアジ、ホタテ、マグロ、マダイなど
冬《ふゆ》のさかな（12～2月《がつ》）	アマダイ、オコゼ、カキ、カレイ、カワハギ、コハダ、タコ、ハマグリ、ヒラメ、フグ、ブリ、ヤリイカなど

佐川芳枝｜さがわよしえ

東京都生まれ。『寿司屋の小太郎』（ポプラ社）で第13回椋鳩十児童文学賞を受賞。作品はほかに「ゆうれい回転ずし」シリーズ、『ぼくはすし屋の三代目』（以上、講談社）など。エッセイ作品として『寿司屋のかみさん 二代目入店』（講談社文庫）などがある。東京・東中野の「名登利寿司」の女将でもある。

こばようこ

東京都生まれ。多摩美術大学絵画科卒業。夫のおだしんいちろう氏との共作で、第４回ピンポイント絵本コンペで最優秀賞を受賞。絵本の絵に『いもほり コロッケ』（講談社）、『おひるねけん』（教育画劇）、『一日だけうさぎ』（くもん出版）など。児童書挿絵として『スプーン王子のぼうけん』（鈴木出版）などがある。

装丁／望月志保（next door design）

本文 DTP／脇田明日香

巻末コラム／編集部

たべもののおはなし　すし

にっこりおすしとわさびくん

2016 年 12 月 19 日　第 1 刷発行

2022 年 12 月 1 日　第 3 刷発行

作　佐川芳枝《さがわよしえ》

絵　こばようこ

発行者　鈴木章一

発行所　株式会社講談社

〒 112-8001 東京都文京区音羽 2-12-21

電話　編集 03-5395-3535　販売 03-5395-3625　業務 03-5395-3615

印刷所　株式会社ＫＰＳプロダクツ

製本所　株式会社若林製本工場

N.D.C.913 79p 22cm

©Yoshie Sagawa / Yoko Koba 2016 Printed in Japan
ISBN978-4-06-220342-5

定価はカバーに表示してあります。落丁本・乱丁本は、購入書店名を明記のうえ、小社業務あてにお送りください。送料小社負担にておとりかえいたします。なお、この本についてのお問い合わせは、児童図書編集までお願いいたします。本書のコピー、スキャン、デジタル化等の無断複製は著作権法上での例外を除き禁じられています。本書を代行業者等の第三者に依頼してスキャンやデジタル化することは、たとえ個人や家庭内の利用でも著作権法違反です。